Bd 1.0.0

3 vol.

3rd edn wants 1 plate.

American
odd
sh.

53296

3476 MONTGOLFIER (M. de) DISCOURS SUR L'AÉRO-
STATE. *Paris. Le Jay.* 1784.
Brown half calf, speckled edges. Small 8vo. 1 *vol.*
(49.B.4.)

DISCOURS

DE

M. DE MONTGOLFIER,

SUR L'AÉROSTATE;

PRONONCÉ dans une Séance de l'Académie des Sciences, Belles-Lettres & Arts de la Ville de Lyon, en Novembre 1783.

A PARIS,

Chez LEJAY, Libraire, rue Neuve-des-Petits-Champs, près celle de Richelieu, au Grand Corneille; ET chez les MARCHANDS de Nouveautés.

M. DCC. LXXXIV.

Le même Libraire tient Magaſin de Librairie, fait des Abonnemens pour toutes ſortes de Livres anciens & nouveaux. Le prix eſt de 24 livres par an, 15 livres pour ſix mois, 3 livres par mois, & 12 livres de nantiſſement. Il tient auſſi chez lui un Cabinet de Lecture où ſe trouvent les Journaux François & Etrangers. Cet Abonnement eſt aù même prix que celui des Livres. La ſéance eſt de ſix ſols pour les perſonnes qui ne veulent pas s'abonner. Il fournit des Bibliotheques & en achete.

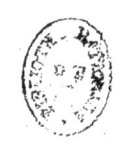

DISCOURS

PRONONCÉ par M. DE MONTGOLFIER l'aîné, à l'Académie de Lyon,

MESSIEURS,

LORSQUE les hommes se sont rassemblés en société, il leur a été important d'aviser aux moyens de s'entr'aider mutuellement par la la correspondance & l'échange de leurs productions : pour cet effet, ils ont dompté les animaux, les ont soumis à porter les fardeaux, ensuite à les traîner; ils ont facilité ce transport par des communications qu'ils ont ouvertes, & bientôt supputant la pesanteur de l'eau, ainsi que sa résistance, ils ont vu qu'ils pouvoient en tirer facilement un parti très-économique pour le même objet. Ils construisirent en conséquence des vaisseaux légers qu'ils chargerent à proportion du poids de l'eau qu'ils étoient en état de déplacer à raison de leur volume; ils employerent la force de leurs bras & celle des

animaux , des vents & des courants , pour fe
procurer la puiffance néceffaire à la navigation:
encouragés par ces fuccès , plufieurs ont effayé
de naviguer dans l'air ; mais comme la réfiftance qu'oppofe ce dernier fluide eft environ
huit cents fois moins confidérable que celle de
l'eau , les moyens ont dû paroître plus difficiles:
on avoit bien l'exemple des oifeaux ; mais en
comparant leur force & leur pefanteur à la
force & à la pefanteur de l'homme , il réfulte
de ce calcul que le moyen employé par ces
animaux n'eft pas en notre pouvoir , le Créa-
teur ne nous ayant pas pourvus d'une force
phyfique fuffifante , peut-être pour nous nécef-
fiter à faire un plus grand ufage de l'intelli-
gence dont il nous a doués.

En effet , la force de l'homme le plus
robufte ne s'étend pas à plus de cent livres ,
avec une vîteffe d'un pied par feconde , &
encore ne pourroit-il pas continuer cet effort
au-delà de quelques minutes : or , une pareille
force ne peut balancer celle de fa pefanteur ,
qui l'attire vers la terre avec une force de cent
cinquante livres , parcourant près de quinze
pieds dans la première féconde ; & fi on ajoute
le poids des aîles , qui feroit néceffairement
très-confidérable , vu la grande envergure à
laquelle néceffite le peu de réfiftance de l'air,

l'épaiffeur des leviers à raifon de leur longueur
& de l'effort qu'ils fubiffent, on n'a pu envi-
fager cette navigation aérienne que fous un
point de vue bien décourageant. Cependant
l'afcenfion de la fufée d'artifice, ainfi que
l'effort de la pompe à feu, nous prouvent que
nous avons la reffource de nous procurer une
puiffance bien fupérieure à celle que l'homme
peut fournir, & nous invitent en même temps
à en adapter l'ufage à la navigation aérienne.
En attendant que quelque favant Mécanicien
veuille s'occuper de cet objet important, nous
avons imaginé, un de mes freres & moi, de
renfermer dans un vaiffeau léger un fluide
fpécifiquement moins lourd que l'air atmof-
phérique, afin de tirer plus de rupture d'équilibre entre ces deux fluides pour élever dans
l'air des maffes proportionnées au volume du
vaiffeau afcendant. Quelque fimple que ce moyen
paroiffe au premier coup-d'œil, comme on avoit
jufqu'à ce jour négligé de l'éprouver, nous avons
rencontré dans l'exécution beaucoup plus de
difficultés que nous n'attendions.

De tous les fluides imperméables au verre,
nous n'en connoiffions aucun plus léger que
le gaz inflammable purifié par la chaux & les
alkalis cauftiques; nous nous hâtâmes donc d'en
remplir de grands facs de papier & d'étoffes

A 3

de foie, clos avec le plus d'exactitude qu'il fut poſſible. Ces Ballons s'éleverent bien, comme nous l'avions prévu, avec une rupture d'équilibre proportionnée à la différence de peſanteur des deux fluides : mais cette force ne fut que momentanée, parce que le gaz ſe perdoit inſenſiblement, ſoit au travers du papier, ſoit par les petites ouvertures qui pouvoient être échappées à notre attention ; ce gaz étoit remplacé par l'air atmoſphérique : cet inconvénient nous néceſſitoit à employer des enveloppes plus ſolides & imperméables au gaz : mais jugeant que de pareilles enveloppes ſeroient très-lourdes, & qu'il faudroit de plus conſtruire de grands Ballons très-diſpendieux, ſoit pour la quantité néceſſaire de gaz inflammable purifié, ſoit par le prix exceſſif des parois du vaiſſeau ; arrêtés encore par la difficulté de deſcendre, monter & ſe ſoutenir à volonté dans les différentes régions de l'air atmoſphérique, nous renonçâmes à ce moyen : il eſt vrai qu'il auroit laiſſé la liberté de deſcendre, en faiſant échapper une partie du gaz renfermé ; mais on n'auroit pu remonter qu'après être venu chercher en terre une nouvelle proviſion, ce qui auroit rendu la choſe impraticable.

Nous crûmes pouvoir trouver dans l'électricité des ſecours plus heureux. Ayant obſervé que

le fluide électrique fe répandoit particulierement
fur la furface des corps , & qu'accumulé fur
celle d'un vafe ifolé , & ce vafe femblant di-
minuer de pefanteur , nous préfumâmes qu'il
feroit poffible de faire enlever les corps les
plus robuftes en les électrifant , après avoir
augmenté leur furface proportionnellement à
leurs pefanteurs fpécifiques , comme il arrive
fi on enduit une feuille d'or avec de l'huile ,
& qu'enfuite on la plonge dans le fond d'un
baffin plein d'eau ; cette feuille furnage , parce
que l'huile ayant contracté un contact immédiat
avec la feuille de métal , ne peut en être fé-
parée que par une force inverfe à l'épaiffeur
de l'enduit, lequel par cette adhérence & fon
poids fpécifique contrebalance celui du métal.
Nous penfâmes, dis-je , que de même le fluide
électrique mouillant (fi je puis me fervir de
cette expreffion) le corps électrifé, le couvre
d'un enduit affez épais pour que fon volume,
joint à celui de cet enduit , furpaffe le volume
de l'air que l'un & l'autre déplace. Soumet-
tant cette hypothefe au calcul, nous trouvâmes
qu'en fuppofant le poids du fluide électrique
une quantité infenfible , que les corps électrifés
fuffent des globes , & que l'enduit de matiere
électrique eût feulement l'épaiffeur d'un douzieme
de ligne , il fuffifoit de divifer l'eau en globules

d'un diametre d'environ un cent vingtieme de ligne , pour qu'ils fuſſent d'une plus grande légéreté que l'air qu'ils déplaçoient. L'élévation prodigieuſe des nuages dans certaines circonſtances, leur réduction en pluie lorſqu'ils approchent de la terre , cette même pluie , plus fréquente & plus abondante ſur les montagnes que dans les plaines; enfin, les prompts écoulements de nuages , après les grands coups de tonnerre , tout nous annonçoit que ces lourdes maſſes d'eau ne devoient leur ſuſpenſion ſur nos têtes qu'au fluide électrique dont chacun des globes étoit enduit. Quoi qu'il en ſoit de la vérité de cette théorie, l'expérience y fut conforme. Pluſieurs corps réduits en vapeurs dans des vaiſſeaux clos s'allégerent conſidérablement par l'introduction du fluide électrique.

Nous eſpérions le plus grand ſuccès de cette méthode : mais la néceſſité d'avoir ſans ceſſe communication avec la terre, pour ſe procurer de nouveaux fluides lorſqu'il en ſeroit beſoin, nous fit encore abandonner ce moyen; cependant avec l'eſpoir que dans de plus habiles mains on en pourra tirer un bon parti.

Enfin , nous revînmes à une de nos premieres idées, de ſubſtituer le feu à la communication avec la terre, tant pour augmenter la couche du fluide électrique ſur les vapeurs inférées dans le vaiffeau afcendant, que pour divifer les mêmes vapeurs en petites molécules, & dilater le gaz dans lequel elles font fufpendues.

L'expérience nous apprit qu'une chaleur de 50 degrés au-deffus de l'atmofphere, allégeoit le pied cube d'air du poids d'environ 10 deniers, & qu'en augmentant encore cette chaleur de 30 degrés, on doubloit à-peu-près le produit. D'après ces expériences, nous fîmes conftruire un Globe de toile, doublé intérieurement de papier, de la contenue d'environ 23,000 pieds cubes; nous allumâmes du feu dans l'intérieur: il s'éleva avec une rupture d'équilibre de 5 à 6 quintaux; ce qui nous fortifia dans l'idée que le Gouvernement pourroit tirer quelque parti de ce moyen; qu'on pourroit conftruire de plus grands Ballons, tels que de 100 toifes de diametre; qu'on pourroit les employer au ravitaillement d'une ville affiégée, à remettre à flot des vaiffeaux engloutis, peut-être même à faire des tranfports, & à coup sûr pour faire, en certains cas, des obfervations de plufieurs genres, reconnoître la pofition d'une armée, la route des vaiffeaux qui voyagent à 25 ou même 30 lieues d'éloignement.

Mais les frais d'un pareil vaiffeau arriveroient à près de deux cents mille écus, fomme qui ne peut être expofée qu'après la certitude que fon utilité répondra à la dépenfe.

Pour contribuer à l'avancement de cette connoiffance, plufieurs citoyens fe font réunis par une foufcription, dont l'objet eft de faire conftruire un Vaiffeau aérien d'un plus grand volume qu'aucun de ceux qui ont encore paru. La réunion de leurs fecours me fait efpérer de pouvoir conftruire un Globe de 100 pieds de diametre, avec plufieurs doubles de papiers inférés & piqués entre deux toiles.

Ces Meffieurs m'ayant confié le foin de préparer cette expérience fans exemple, n'y auroit-il point d'indifcrétion de ma part de prier cette favante Compagnie de m'aider de fes lumieres pour examiner la conftruction & la forme qu'on doit donner à ce Vaiffeau, les moyens les plus fimples, les plus avantageux, les plus aifés pour fon afcenfion, les moins difpendieux pour dilater & alléger le gaz qu'il renfermera, en retarder la diffipation, & prolonger le plus de temps poffible fon état de dilatation; d'avifer aux meilleurs moyens de faire mouvoir, en tout fens, ce Vaiffeau en temps calme; de dévoyer le plus poffible en temps de vent; de régler le feu de maniere que les Pilotes aient la plus grande facilité de naviguer le plus près de la hauteur qui leur fera prefcrite ; d'indiquer la meilleure maniere de le lefter, pour qu'il ne penche pas à chaque variation de force ou de direction du vent ; d'établir la fomme de ténuité que doivent avoir les parois dans chaque partie du Vaiffeau ; d'inftruire & raffurer les pilotes ; de pourvoir à leur sûreté, en cas d'événement imprévu ; de leur prefcrire les obfervations qu'ils auront à faire, lorfqu'ils feront parvenus à différentes hauteurs de l'atmofphere ; de donner enfin fur cet objet tous les renfeignemens que l'Académie jugera utiles aux progrès des Sciences ? Je fupplierai la Compagnie de conftater, dans la forme qu'elle jugera convenable, les détails de diverfes expériences qui feront faites.

L'attention & la faveur avec lefquelles vous daignez m'entendre, MESSIEURS, me fait efpérer que vous accorderez encore quelque indulgence à des obfervations & expériences fur divers objets pour lefquels j'implore le fecours de vos lumieres. L'expérience de l'afcenfion du Globe de toile, dont j'ai eu l'honneur de vous parler, nous a confirmés dans cette idée, qu'un corps organifé, en état d'ignition, décompofoit l'air refpirable, fourniffoit des gaz crayeux, méphitiques & inflammables, en différentes proportions, fuivant la nature de ces corps & la promptitude de leur combuftion ;

que cet état d'ignition facilitoit d'autre part
l'union du fluide électrique à la superficie des
corps en vapeurs ; que la chaleur provenante
de la combustion étoit dans un certain degré
de concentration, seule capable de dilater assez
de gaz pour faire occuper , au plus lourd
même , un espace assez considérable pour qu'il
devînt spécifiquement plus léger que l'air atmosphérique : aussi ce Ballon s'est-il élevé avec une
rupture d'équilibre de 5 à 6 quintaux ; mais
il n'a pu le faire jusqu'à la hauteur à laquelle
il devoit être en équilibre avec l'air atmosphérique, & il est retombé sur la terre quelque
temps après , parce que la chaleur s'étant dis-
sipée , les gaz se sont concentrés, & les vapeurs
ont perdu une partie de leur électricité. Pour
parer à cet inconvénient , nous avons répété
l'expérience , en enfermant dans le Vaisseau
des combustibles auxquels nous avons mis le
feu au moment de son départ.

Cette précaution a soutenu le Ballon bien
plus long-temps dans l'air : ainsi, nous jugeons
qu'il conviendroit de construire, ou du moins
de doubler les parois du Vaisseau avec les
matieres les moins perméables à la chaleur ,
telles que les plumes, le coton, la laine, la
soie, le papier froissé ; & d'autre part , que
plus les Vaisseaux seroient spacieux , moins

ils perdroient de chaleur proportionnellement, la déperdition de ce fluide se faisant à raison de la surface du corps dans lequel il est accumulé ; qu'en conséquence on ne peut espérer de tirer un bon parti que des plus grands vases, d'autant plus encore que le poids d'un grand Vaisseau sera toujours moindre que celui d'un plus petit, proportion gardée de leur volume, puisque le poids du Vaisseau est à raison de l'étendue de sa surface, épaisseur & densité de ses parois, & que ces dimensions n'augmentent pas dans la même proportion qu'augmente son volume.

Quant aux moyens de le mouvoir, l'application du calcul nous fait reconnoître la foiblesse des secours que nous pourrions emprunter de la force de l'homme & de celle du vent ; car en supposant l'application du mécanisme le mieux exécuté possible, un Ballon de 100 pieds de diametre ne pourroit être mu en temps calme qu'avec une vîtesse d'une demi-lieue par heure, quand même on emploieroit un homme des plus robustes pour faire mouvoir ce mécanisme : à une pareille vîtesse, l'air atmosphérique opposeroit au Ballon une résistance de la force d'environ 80 livres, contre laquelle cet homme seroit continuellement obligé de lutter ; & la résistance d'un fluide croissant à-peu-près comme le quarré de la vîteſſe du corps qui le déplace, il réſulte que pour ſe procurer une puiſſance capable de faire parcourir audit Ballon un eſpace de 2 lieues par heure, il faudroit employer une force de 1280 livres; elle exigeroit l'emploi de plus de 50 hommes d'une force ordinaire : la reſſource des voiles ne nous a pas paru plus heureuſe, parce que peu de momens après ſon départ, le Vaiſſeau ayant acquis la même vîteſſe que le vent qui le chaſſe, les voiles ne ſe gonfleroient pas.

Contraints de ſacrifier ces reſſources, nous avons cherché une puiſſance dans le feu même qui nous ſervoit à tenir le Vaiſſeau ſuſpendu. La premiere qui s'eſt préſentée à notre imagination, eſt la puiſſance de réaction qui peut être exécutée ſans mécaniſme & ſans aucun frais. Elle conſiſte ſeulement à faire une ou pluſieurs ouvertures dans le Vaiſſeau, du côté oppoſé à celui où l'on veut le tranſporter: le gaz qui ſort par ces ouvertures ne forçant plus la toile dans cette partie, rompt par-là l'équilibre de l'expanſion intérieure. Pour rendre mon idée plus intelligible par un exemple, je ſuppoſe que l'on ait pratiqué une ouverture latérale d'un pied en quarré, dans la partie de l'équateur de notre Globe *A* de 100 pieds, du côté du nord de la terre, & qu'enſuite on place un bouchon à cette ouverture. D'après ce que nous avons dit, que le gaz renfermé dans le Vaiſſeau avoit acquis une légéreté ſur l'air atmoſphérique d'environ 10 deniers par pied cube, il réſulte qu'une couche de ce gaz, à la hauteur de l'équateur du Globe, & épaiſſe d'un pied, aura une force d'extenſion contre les parois du Vaiſſeau, de 50 fois 100 fois 10 deniers, ce qui fait 130 livres & 80 deniers. Les parois du Vaiſſeau ſeront donc pouſſées également, du côté du nord & du midi, avec une force de 130 livres & 80 deniers, ce qui faiſant équilibre, le Vaiſſeau doit reſter en place : mais ſi on fort le bouchon placé au nord, dès l'inſtant l'équilibre eſt rompu ; 130 livres & 80 deniers chaſſent ce Vaiſſeau au midi, tandis que le nord n'éprouve que $\frac{99}{100}$ de cette force. Il voyagera donc au midi avec une force de 1 livre 4 onces 4 deniers, dont la vîteſſe ſeroit à peu-près de 6 lieues par heure. On peut encore tirer parti du feu d'une autre maniere ; c'eſt en faiſant voyager le Vaiſſeau de façon qu'il s'éleve ou s'abaiſſe ſans ceſſe, en le tenant dans une ſituation inclinée. En perfectionnant ce moyen, il peut devenir d'une bien plus grande reſſource que le premier, à l'emploi duquel même il ne nuiroit point. Peut-être exiſte-t-il un troiſieme moyen que je n'oſerai vous expoſer, ſans l'avoir encore calculé dans la ſolitude où je vais rentrer.

C'eſt aſſez MESSIEURS, profiter de vos bontés ; les idées que je viens d'avoir l'honneur de vous expoſer auroient eu beſoin d'être plus long-temps réfléchies : mais les occupations qui abſorbent la plus grande partie de mon temps, ne m'ont pas permis de les mieux approfondir, & de vous les développer avec cette clarté, cette préciſion & cette juſteſſe qui n'appartient qu'aux vrais Savans. Si on compare la découverte du Ballon aéroſtatique à l'enfant qui vient de naître, en ſuivant la même penſée, je viens vous prier d'adopter cet enfant, de diriger ſon éducation ; & c'eſt en profitant de vos ſoins & de vos lumieres, que je puis eſpérer d'en faire un grand homme. Si vous daignez, MESSIEURS, m'aſſocier à vos travaux, ma reconnoiſſance égalera mon reſpect ; & de tous les honneurs de la célébrité, celui de vous appartenir ſera le plus précieux à mon cœur.

***

Lu & approuvé, ce 27 Mars 1784.

DE SAUVIGNY.

Vu l'approbation, permis d'imprimer, ce 27 Mars 1784. LE NOIR.

***

De l'Imprimerie de DEMONVILLE, rue Chriſtine.